AF542771

TOUTE LICENCE

SAUF

CONTRE L'AMOUR

PAR

MAURICE BARRÈS

PARIS

LIBRAIRIE ACADÉMIQUE DIDIER

PERRIN ET Cie, LIBRAIRES-ÉDITEURS

35, QUAI DES GRANDS-AUGUSTINS, 35

1892

à Anatole France,

hommage de son ami,

M. B.

TOUTE LICENCE

SAUF

CONTRE L'AMOUR

DU MÊME AUTEUR

Les Textes.

* SOUS L'ŒIL DES BARBARES (nouvelle édition augmentée d'un *Examen des trois idéologies*).

** UN HOMME LIBRE. 3e édition.

*** LE JARDIN DE BÉRÉNICE. 4e édition.

LE CULTE DU MOI, *examen de trois idéologies* (tirage à part de la préface jointe à *Sous l'œil des Barbares*).

EN PRÉPARATION

L'ENNEMI DES LOIS.

La Glose.

HUIT JOURS CHEZ M. RENAN. 2e édition.

TROIS STATIONS DE PSYCHOTHÉRAPIE.

TOUTE LICENCE SAUF CONTRE L'AMOUR.

EN PRÉPARATION

LES EXERCICES SPIRITUELS D'IGNACE DE LOYOLA, avec une préface de MAURICE BARRÈS.

ÉMILE COLIN — IMPRIMERIE DE LAGNY

TOUTE LICENCE

SAUF

CONTRE L'AMOUR

PAR

MAURICE BARRÈS

PARIS

LIBRAIRIE ACADÉMIQUE DIDIER
PERRIN ET Cie, LIBRAIRES-ÉDITEURS
35, QUAI DES GRANDS-AUGUSTINS, 35

1892

Il a été imprimé 16 exemplaires numérotés sur papier des manufactures impériales du Japon.

TOUTE LICENCE

SAUF

CONTRE L'AMOUR

LETTRE

A

UN LECTEUR FAMILIER

SUR LA

MÉTHODE DE CE TRAVAIL

Est-ce la peine d'agir, monsieur ? Voici un petit travail sur les antinomies de la pensée et de l'action que je vous offre, quoique la matière en soit misérable et précisément parce qu'elle est telle, car vous êtes un des rares individus qui la mésestimeront pour les raisons que j'en ai. Vous et moi, si j'en juge d'après le goût que nous montrons pour mes romans idéologiques, nous nous faisons des choses une conception qui rend fort oiseuse cette enquête et tout à fait ridicule le jargon de « pensée, action, monde intérieur, monde extérieur. » Mais veuillez suivre, dans cette brève préface, les motifs de ma complaisance momentanée pour ce détestable langage et pour le tour d'esprit qu'il dénonce.

Dans le premier chapitre intitulé, *Enrégimentement de la jeunesse*, j'ai décrit des jeunes êtres qui, tout ardents d'une naïve curiosité du monde extérieur, et éperonnés par l'éloquence véritable de personnes éminentes, s'emballent pour cette agitation vague qu'ils nomment *l'action*. Dans le second, *Eloge du scepticisme*, j'ai opposé à ce troupeau simpliste le caractère de personnes qui, dans leur goût pour leurs vrais instincts, ont trouvé la clairvoyance. Puis, cette antithèse posée, je me suis soucié de convaincre plus que d'humilier, et, dans un troisième morceau, j'ai tâché de concilier ces antinomies, et on goûtera peut-être l'ingéniosité de la méthode par où j'amène à nos conclusions habituelles ceux de qui le tempérament tout d'abord s'effaroucha.

Les snobs, si je suis bien renseigné, distinguent du professeur qui enseigne chez soi celui qui se rend à domicile. C'est ce dernier qu'ils placent le plus bas et que j'ai voulu être dans cette brochure. Je suis allé trouver chez eux ceux que je voulais enseigner. J'ai accepté leur atmosphère, j'ai admis leur vocabulaire et j'ai paru me plier sur leurs mœurs intellectuelles. Par habileté pédagogique, j'ai adopté durant quelques heures cette distinction de la pensée et de l'action qui leur est familière et qui est bien, n'est-ce pas, la plus extraordinaire imagination de malheureux qui voient avec leurs yeux, entendent avec leurs oreilles et n'ont aucun tact intérieur.

Assurément le moi seul existe. Il n'y a pas un monde extérieur, étranger et hétérogène par rapport à la conscience. Une telle conception est le produit d'un développement philosophique incomplet. Outre qu'elle est basse, elle a des conséquences déplorables. Car dès l'instant que la vie sensible, le monde extérieur et tous les intérêts qui s'y rapportent sont un pur néant, sans valeur ni réalité en eux-mêmes, les efforts dont elle est le principe et le but sont également vaine agitation et néant. Ainsi disparaissent ces douloureuses contradictions de la pensée et de l'action que les hommes, depuis des siècles, s'essayent à résoudre. L'action, c'est vouloir agir sur le monde extérieur, et si celui-ci n'existe pas, nous ne pouvons qu'agir sur notre moi pour qu'il épanouisse l'unité naturelle des mille parts qui le composent. C'est la méthode de la culture du moi. Toutefois le vulgaire croit à l'existence d'un monde extérieur, et il faut compter avec cette illusion qui a pris, depuis quelques siècles, une importance considérable.

D'où tenons-nous cette notion erronée ? Mon ami, Georges Montière, la rapporte à Adam et Ève qui en furent affligés pour avoir désobéi. Eux qui vivaient avec tant d'aisance, soudain ils se troublèrent et se distinguèrent des choses ; ils n'étaient plus en harmonie avec eux-mêmes. Ces deux Juifs prolifiques ne sont pas seulement les pères de tous les hommes, mais encore de toute illusion. Sitôt exclus de l'état d'âme qu'on appelle le Paradis, ils commencèrent à agiter le problème des antinomies de la pensée et de l'action. Moins préoccupé de la Kabbale que de Fichte, Téodor de Wyzéwa estime que le monde extérieur n'est qu'une invention du Moi mal clairvoyant, mais qu'à force de se transmettre par l'hérédité, il existe ; c'est-à-dire qu'il est inné dans notre Moi actuel. L'univers est notre invention, mais tel que nous ne sommes plus à même de le supprimer. Ainsi l'une et l'autre explication — la métaphysique comme la religieuse — s'accorderaient (et là elles ne contredisent nullement les hypothèses scientifiques sur la formation de la conscience de la série des êtres) à faire du monde extérieur une sorte de péché originel, une façon de voir qui est en nous comme une tare de naissance. Il est impossible de s'en expurger complètement. Et bien que le monde extérieur n'aie pas devant la pure raison le droit d'exister, on peut dire cependant qu'il est en train d'exister. Il y a en faveur de cette erreur des sens comme un droit de prescription ; pour ne l'avoir pas repousséeassez rapidement, elle a pris propriété dans les parties basses de notre être.

De là l'attitude que j'ai adoptée à son égard. Les quiétistes disaient des erreurs de leur chair : « nos sens peuvent commettre tous les péchés qu'il leur plaira ; ees choses sont trop laides pour que nous souillions notre âme à les surveiller. » Et nous aussi, nous méprisons trop cette conception de la réalité du monde extérieur pour nous dépenser à protester continuellement contre les basses parties de notre Moi qui inclinent vers cette grossière et héréditaire illusion. Il y a en nous un certain nombre d'appétits qui ne peuvent se satisfaire que dans cette relation avec le monde des apparences, dite vie active. Je leur ai trouvé là des joujoux; et la certitude que j'ai de l'inanité du but qu'ils poursuivent me laisse une parfaite indifférence quant aux résultats, et une profonde paix intérieure tandis qu'ils bataillent contre des apparences.

Cette méthode si forte, si lumineuse, j'y atteignis aux dernières pages de l'*Homme libre*.

Concession apparente à l'illusion du monde extérieur, mais grâce à cette tactique je poursuivais avec plus de liberté la culture, l'épanouissement de mon moi. On vit dans *Le Jardin de Bérénice* que j'étais bien près d'atteindre à l'Unité, de résoudre les contradictions de l'Univers et du Moi qui le crée. Dans un livre prochain, l'*Ennemi des lois*, j'espère surmonter encore quelques difficultés.

Mais ces petits romans idéologiques, nés d'une prodigieuse susceptibilité cérébrale, ne valent pas pour le vulgaire. Une partie du public s'effaroucha du paradoxe presque sans exemple d'un jeune homme qui tient pour étrangers, pour « barbares », tous les hommes, fussent-ils des maîtres éminents, et repousse comme choses étrangères ce que le siècle a jusqu'à présent tenu pour le plus précieux et le plus sacré de sa civilisation. Ma méthode valait pour des esprits qui constatent douloureusement à vingt ans la contradiction et le sans racines de toutes les notions dont on les a chargés. Ils partent de cet état général pour y remédier ; ils trouvent une force même, comme des ressorts courbés, dans la contrainte qu'ils en subissent. C'est en niant qu'ils s'acheminent vers l'affirmation. Mais de nombreux jeunes gens d'autre race, par ces négations sont choqués, désorientés. C'est qu'ils n'ont pas ressenti si vivement la contrainte des barbares. Leur répugnance à me suivre, leur protestation même m'ont fait réfléchir. A divers symptômes, j'avais distingué qu'en dépit de cette mésentente ces esprits sont trop nos contemporains pour ne pas élire la même vérité que nous. Evidemment j'avais été un démonstrateur maladroit. Et voilà pourquoi, renonçant à faire venir chez moi ceux que je voulais enseigner, je suis allé les trouver à domicile.

Comme leurs âmes nullement révoltées, pas même indépendantes, répugnent à la table rase où je les engageais, j'ai décidé

d'utiliser les notions dont ils sont imbus. Puisqu'ils croient à la politique, à l'enseignement, à la littérature, tels que le siècle les vante, je vais en raisonner avec eux sans les contredire. J'exposerai purement et simplement la vérité comme elle est en elle-même, sans me préoccuper de la mettre en contradiction avec l'erreur, et vous verrez que j'obtiendrai l'assentiment involontaire d'esprits qui ont moins d'objection à nos affirmations que d'effroi de nos négations. Leur grande répugnance est de se prononcer contre des opinions qu'ils ont préjugées, mais ils arriveront à admettre qu'il n'y a qu'une loi : l'amour; qu'une barrière : faire de la peine à un être. Ils admettront encore que cet amour, nulle argumentation, nulle éloquence véritable ne peut nous le faire ressentir, rien que le retrouver en nous où il est toujours. Insensiblement ils arriveront ainsi à la seule méthode, c'est l'exaltation du moi et sa culture, — qu'il fallait démontrer.

Ainsi cet essai sur les antinomies de la pensée et de l'action, c'est, transposé dans un autre plan, le problème agité dans ces livrets *Sous l'œil des Barbares*, *Un Homme libre*, le *Jardin de Bérénice* et l'*Ennemi des lois*. Je transporte en plein vent la culture que j'avais créée dans ces jardins fermés. Et que j'y réussisse, cela vaut à mes yeux comme une vérification de l'excellence de ma méthode. Car ce qui distingue un raisonnement d'un jeu de mots, c'est que celui-ci ne saurait être traduit.

CHAPITRE PREMIER

(THÈSE)

L'ENRÉGIMENTEMENT DE LA JEUNESSE

On parle beaucoup de l'*Association des étudiants* de Paris. M. Lavisse la patronne, les moralistes y interrogent « la nouvelle génération » et les opportunistes l'accaparent. C'est au juste un cercle où se réunissent les jeunes gens qui étudient dans les diverses facultés. On ajoute que c'est le lieu où se prépare l'âme de la patrie. Tout d'abord vous ne saisissez pas le rapport qu'il y a entre un café, une salle de billard, un salon de lecture, fussent-ils à bon marché, et un développement moral quelconque. Mais c'est précisément le caractère de la philosophie de percevoir des rapports qui échappent au commun, et M. Lavisse, grand organisateur de ces associations d'étudiants, est un des philosophes les plus actifs de cette époque.

*
* *

J'ai assisté au début de ces associations. La première qu'on essaya en France fut fondée à la faculté de Nancy où j'étudiais. Ayant loué une salle de brasserie et rédigé des statuts, quelques personnes discoururent. Avec une belle chaleur de patriotisme, ces orateurs disaient que ce groupement fortifierait notre sentiment de la dignité des professions intellectuelles. A dire vrai, les étudiants s'en faisaient déjà une idée considérable, de leur dignité : par orgueil professionnel, ils tiraient la sonnette des bourgeois, expulsaient des bals, avec des épithètes dégradantes, les employés de commerce, et dans les lieux publics tapageaient pour qu'on fît des prix réduits à leur corporation. On voit que leurs soirées étaient remplies du sentiment de leur dignité, avant même qu'ils eussent une association. Mais à minuit elle rendait vraiment des services. Quand tous les cafés étaient fermés, son local restait ouvert ; on s'y réunissait pour manger des escargots, qui sont les huîtres de l'Université.

C'était là le plus net avantage. Nos orateurs ne le méconnurent point ; et faisant allusion à ces loisirs élégants, ils disaient dans les séances officielles : « Gardons-nous de blâmer ces gaies réunions où les jeunes gens fêtent ensemble leur jeunesse ! C'est là qu'ils resserrent des liens qui les uniront à travers tous les malentendus de la vie. Ah! qu'elles sont riches en bénéfice pour l'existence entière, ces camaraderies sans calcul de la vingtième année ! »

Eloquentes promesses, mais trop vaines! Ils se sont évanouis, les espoirs que j'avais fondés sur les escargots de minuit. Ceux-là qui les avaient mangés à mes côtés ne voulurent plus s'en souvenir quand ce m'eût été avantageux. Dans cette association, ne mettions-nous donc en commun que l'insupportable fumée de nos cigares ? Ces camarades promis à toute ma vie, du jour que des nuances distinguèrent nos intérêts, me méconnurent. Il y a peu, à Nancy, les plus jeunes, mes successeurs sur le tableau de l'association, me tiraient la langue dans les réunions publiques, et mes contemporains, mes vieux camarades pourtant, allèrent jusqu'à me traiter de césarien, encore que j'eusse été leur sous-bibliothécaire!

Je crois donc judicieux de s'en tenir à voir dans ces associations une facilité offerte aux étudiants pour qu'ils se donnent du confort et du plaisir à bon marché. Moyennant une faible cotisation, les voilà largement installés. Fort bien, mais aussi les voilà enrégimentés.

L'Association rassemble des jeunes gens qui vivaient par petits groupes, puis elle les place, en dehors même des cours, sous l'influence de leurs professeurs : elle substitue aux anciens étudiants si variés de mœurs, de tendances, de doctrines, un type uniforme. C'est cette mainmise sur l'initiative de la jeunesse que je considère comme très grave.

*
* *

L'étrange rage, cette manie moderne de donner une façon commune à tous les esprits et de briser l'individu ! Pousserons-nous jusqu'à la folie notre esprit scolaire ? Déjà aux enfants, sous la discipline des collèges, on impose, quelque différentes que soient leurs natures, la même culture, les mêmes mœurs. Tous, d'un bout de la France à l'autre, à heures fixes, ils ont le devoir de parler, de remuer, de lire des livres qu'ils n'ont pas choisis et d'écrire des phrases qu'ils n'ont pas comprises. Nulle concession à la liberté d'une intelligence qui se cherche ou d'un tempérament qui se forme.

Après cette éducation criminelle dont la majorité de chaque génération sort hébétée et bonne seulement pour le mécanisme des basses administrations et de la magistrature, on rendait du moins aux jeunes gens une part de liberté intellectuelle. Ceux que n'avait pas estropiés le brodequin des règlements se mettaient à chercher leur voie. En dehors des cours de la Faculté, ils avaient le droit et la facilité de découvrir leur personnalité. Alors des hommes naissaient.

Oui, jusqu'à cette heure, la vie d'étudiant après le lycée, c'était l'affranchissement. Et voici que sur ces libérés, sur ces enfants à qui la société faisait quelques années de demi-indépendance pour qu'ils puissent se choisir leur rêve de vie, vous mettez la main ! Une main d'ami, dites-vous, de camarades aînés qui veulent s'associer aux efforts de la jeune génération ! Vaine rhétorique ! Des maîtres et des élèves ne collaborent pas ; si discrète que soit votre intervention, les idées que vous croyez leur conseiller, vous les leur imposez : cela par l'autorité de votre science et de votre âge, et aussi parce que je vous défie, éminents connaisseurs d'hommes, de découvrir leurs véritables instincts qu'ils ignorent encore eux-mêmes. On n'aide pas sans la froisser une âme de vingt ans qui veut éclore.

La force de l'intelligence et de la sensibilité appartient à ceux-là seuls qui vivent dans un contact sincère avec leur moi. De quelque ordre de la pensée qu'il s'agisse, l'originalité est à celui qui pratique la recherche de la vérité dans toute sa franchise, sans intermédiaire, sans convention, mais tâtonnant jusqu'à ce qu'il touche le fond vrai de sa nature. Tant de maîtres excellents, tant d'honnêtes camarades ne compensent pas les fortes méditations intérieures que leur présence rend impossibles. En vérité, je ne vois pas les Taine, les Renan, les Michelet nourrissant à vingt ans leur esprit dans ce maigre pâturage de deux mille jeunes gens de la petite bourgeoisie, qui n'ont à mettre en commun que leur misérable expérience de lycéens, leur timidité héréditaire et leur tapage de basochiens!

*
* *

Ah! chère jeunesse de notre Michelet qui s'enfermait dans les tendres soucis du foyer et dans la con versation d'égal à égal avec les génies de l'humanité! Son cercle et tout son confort, c'étaient les bibliothèques qui lui semblaient belles comme des temples, parce qu'il y portait un cœur que n'avaient pas affadi la société des médiocres et leurs vaniteuses discussions! Ah! les douceurs et les amertumes également fécondes de la vie solitaire!

Cette pitié de soi-même, ce culte des nuances de sa sensibilité, cette comparaison de son moi avec les plus illustres sensibilités, tout cet égoïsme innocent du jeune homme qui vit isolé, c'est la conception religieuse de la vie, c'est une aurore d'idéalisme dont le bénéfice demeure à l'esprit dans toutes les phases de son développement.

Comment connaîtrait-il la fièvre qui monte du sable humide des jardins du Luxembourg, le troupeau de l'association ? Le souffle qui sort de ces platanes et qui conseilla tant de génies adolescents n'est guère entendu de celui qui a une salle de billard, deux cents journaux, des consommations à prix réduits et deux mille camarades dont quelques-uns chantent à ravir la chansonnette.

Mais si la vie intérieure leur manque, auront-ils au moins l'enseignement de Paris ? Dans cette abondante végétation, dans cette énorme activité où le jeune homme s'instruit, cherche sa voie, découvre le sens de son époque, un ami ou deux suffiraient, pour raisonner avec eux le soir sur les impressions de la journée ; mais tant de camarades lui font un monde d'où il ne sortira plus.

Pourrait-il leur échapper ? Je ne sais, mais il n'en a pas plus le désir. Ils lui sont un milieu matériel avec ce cercle, ces commodités ; bien vite ils lui seront aussi un milieu moral ; ils lui font son atmosphère. Au cours de la faculté, puis dans la salle de café, de lecture ou de billard, il les retrouve ; de chacun d'eux il reçoit précisément les idées qu'il a lui-même, ses préjugés, ses ignorances, — un bagage vulgaire comme tout ce qui naît des hommes assemblés, car c'est une loi constante. Mettez des jeunes gens ensemble, les plus distingués baisseront, les pires monteront, et il se fera un niveau de médiocrité.

Il vit, dites-vous, dans un centre immense, dans la ville où la variété des idées, des faits, des caractères et des points de vue est illimitée. Vaine apparence! Prisonnier enchanté des habitudes faciles que lui fait son association, il aura passé six années à Paris sans rien ramasser de ce trésor étalé.

*
* *

Peuvent-ils me contredire les hommes considérables qui patronnent ces associations? Comment se refuser aux principes où je me résume :

1° Des jeunes gens qui se réunissent ne mettent en commun que leur médiocrité, car ils ne trouvent de point de contact que dans leurs parties les plus vulgaires.

2° C'est au jeune homme à se trouver sa loi morale, sa conception du bonheur. Toujours des maîtres! des organisations! Vous pesez sur la France jusqu'à l'étouffer. Il n'est de vérité utile que celle trouvée par un esprit s'orientant lui-même selon les instincts obscurs de sa vingtième année.

C'est que j'examine la question du point de vue des jeunes gens. Mais pour M. Ferry, qui discourait hier à leur banquet, l'humanité est une vaste plaine où il s'agit de récolter des électeurs. Il a bien souci d'aider ces nouveaux venus à faire aboutir l'inconnu qu'ils portent en eux! Convaincu qu'en sa politique est la vérité éternelle, il plierait volontiers toute cette génération de demain sur le modèle un peu défraîchi de M. Reinach. Pour un politicien illettré l'*association* n'est qu'un instrument.

Si M. de Vogüé d'autre part témoigne une chaude sympathie à ce groupement, cela lui vient d'une tendance très naturelle à admettre la réalité objective des nobles adjectifs où il se plaît. Quand il a parlé avec cette belle émotion ornée que vous lui connaissez de « l'âme de demain », des tristesses de cette « fin de siècle » et des espoirs de la « nouvelle génération », a-t-il le droit de douter de l'institution qui lui servit de prétexte ?

Quant à M. Lavisse enfin, il lui fallait un milieu où son activité, ses qualités de directeur d'hommes et d'organisateur pussent se jouer. Tout esprit de valeur et qui se sait digne d'un rôle se crée fatalement son théâtre et son public. En vérité s'il faut que nos futurs notaires, médecins, avocats et substituts jouent au billard à prix réduit pour que M. Lavisse développe son très noble idéalisme patriotique, je n'hésite pas à me résigner.

La vie de la plupart des étudiants, j'en conviens, se passa toujours en menues fêtes vulgaires et dans une complète insouciance intellectuelle ; le caractère officiel qu'ils donnent aujourd'hui à leurs petits plaisirs et à leurs vagues recherches morales aggravera-t-il beaucoup leur médiocrité ?

Pour ceux d'entre eux qui ont de la personnalité, j'espère bien qu'ils répugneront à cet enrégimentement, à toute promiscuité avec la foule des demi-étudiants.

CHAPITRE II

(ANTITHÈSE)

ÉLOGE DU SCEPTICISME

Pour ma part, je suis si peu sceptique au sens ordinaire du mot que je ne puis pas supporter cinq minutes d'équivoque là-dessus, et dès ce début je tiens à déclarer ce qui ressortira de ma description : le sceptique que je loue n'est pas l'homme frivole qui effleure toutes choses et en sourit pour se dispenser de les pénétrer, mais celui qui, considérant avec clairvoyance l'ordinaire de la vie, n'en a que du dédain parce que visiblement elle est faite de choses trop misérables auprès d'un ou deux rêves, qu'il cultive avec l'ardeur d'un croyant, lui, prétendu sceptique.

Des gens voudraient que nous participions à leurs tracas pompeux, à leur niaise trépidation, mais la pauvreté et le fugitif de tout cela nous apparaît dans un contraste trop saisissant auprès de ces grands problèmes, par exemple la *conservation et l'agrandissement de notre moi* ou encore la *préparation à la mort* qui, eux, sont d'actualité à toutes les heures de notre vie...

Et si j'ajoute qu'à cet instant, après avoir parlé de culture intensive du moi et de préparation à la mort, je me suis arrêté pour en sourire — non que ces idées ne me soient chères, mais parce que je sens combien elles conviennent mal aux importants, si vides! que je retorque ici — j'aurai noté la forme essentielle du scepticisme que je loue :

D'une part, un amour projeté avec une telle violence que tout ce qui n'est pas son objet demeure dans une nuit profonde, — et de l'autre, un tact très affiné qui enregistre tous les contrastes, d'une gaieté un peu âpre, qu'il y a souvent entre nos idées et les conditions de leur manifestation.

Donc indifférence complète à tout ce qui n'est pas notre moi, ses vrais instincts, ses vrais besoins, et de ce cher moi lui-même quelques sourires quand il y prête : voilà l'attitude familière à quelques-uns des meilleurs esprits de ce temps, et de quoi je loue les sceptiques.

Mais cultiver notre propre personne, étudier nos besoins, servir nos instincts, cela même ne va pas sans d'infinies hésitations. Ils ne sont guère commodes à satisfaire, ces désirs obscurs que nous sentons en nous. Dans les questions sociales, philosophiques et autres, qui nous tiennent tant au cœur, quelle est la solution qui nous apaisera ? Là-dessus chacun tergiverse. C'est ainsi qu'on n'a jamais plus l'air d'un sceptique qu'à mener avec scrupule l'enquête de la vérité.

Et quand on l'a trouvée, la vérité, il ne faut pas non plus trop s'éloigner du scepticisme. La vérité, en même temps qu'elle affirme un objet, ne nie pas son contraire. Cela touche au gâtisme, mais c'est purement de la compréhension. Bien connaître une chose, c'est apercevoir même les motifs qu'il y a d'en douter.

Le monde moral est un immense jardin où fleurissent mille faits, et chacun des hommes, selon son tempérament, en souffre ou en jouit. Pourquoi blâmerais-je mon voisin qui en ressent des impressions opposées aux miennes ? Il traite de canailles des braves gens que j'aime beaucoup : cela m'excite d'une vive curiosité dans mes meilleurs jours, et à l'ordinaire cela m'indiffère.

Peut-être, avec son goût très vif de la sincérité, le sceptique cédera-t-il quelquefois à s'indigner contre le pharisaïsme. J'entends par pharisaïsme, une habitude peu répandue dans le peuple qui est tout instinctif et chez les esprits supérieurs qui ont le goût de voir clair en eux, mais familière aux esprits de demi-culture : ils se parent sur toutes questions de sentiments qu'ils n'éprouvent pas, mais qu'ils jugent convenables. Et cette hypocrisie leur est si constante qu'ils arrivent à étouffer tout mouvement sincère en eux et à vivre uniquement dans les mots. Quand ils miment pour ceci ou contre cela tous les gestes de la passion, savent-ils même que leur âme n'y est pas intéressée ? A force de masquer leur moi, ils arrivent à se le cacher à eux-mêmes. Les pauvres gens ! Ils avalent toutes les heures de leur vie comme une poudre donnée par le médecin et dont ils ne savent rien sinon qu'elle est « selon la formule ». Aussi, quoiqu'ils soient une tourbe fort odieuse, vaut-il mieux rire d'eux que s'en fâcher, car ce sont perroquets et singes. Et au dernier mot, le mieux est de ne plus même les remarquer, car ils sont tellement grouillants dans la vie qu'on entend leur coassement identique et insignifiant tout au long du fossé qui entoure notre jardin fermé.

*
* *

Ce jardin fermé, saurai-je dignement en parler ! c'est le coin secret de soi-même, le bon terrain de la culture intérieure, le bosquet sacré où le sceptique médite sur chaque fleur qu'il voit entre les mains des hommes. L'accueillerai-je, se dit-il, pour qu'elle se développe en moi et que j'en jouisse ? La repousserai-je ? Cet homme sincère est bien décidé à ne jamais se parer de sentiments qui, chez lui, ne seraient que des mots, fleurs coupées sur d'autres âmes et qui, dans son propre cœur, ne peuvent prendre de racines profondes.

Mais cette même clairvoyance qu'il a des autres, après l'avoir amené à cette indifférence à leur égard, l'engage à se tenir vis-à-vis d'eux de telle sorte qu'ils ne viennent pas jeter des pierres dans son jardin fermé.

Le sceptique se pique de se conformer aux mœurs de son époque et de plaire à ses voisins. C'est ce qu'on appelle sacrifier aux dieux de l'empire. On ne saurait empêcher l'organisation sociale et les hommes d'être tels que nous les voyons autour de nous ; ils entourent le sceptique comme l'autre, mais le sceptique en use avec un dégagement d'esprit qui, dans les mêmes circonstances, lui permet de tirer des mêmes hommes des jouissances extrêmement fines, et de donner en quelque sorte de l'esprit aux institutions qui en sont le plus dépourvues.

Sévit-elle assez aujourd'hui, la manie des concours, des décorations ? Je vais vous dire deux traits assez significatifs de l'usage qu'on peut faire de cette misérable institution selon qu'on est sceptique ou non. J'ai un ami de collège qui couvre les murs, et les murs les plus décriés, de ses affiches pharmaceutiques ; il s'intitule là-dessus lauréat de l'Université. Ce titre a piqué ma curiosité ; je me suis informé, et j'ai appris qu'en effet, du temps que nous étions dans les petites classes, il avait eu un sixième accessit d'instruction religieuse. Visiblement de cette forte instruction religieuse de ses premières années il a conservé un tour d'esprit dogmatique ; il prête trop d'importance aux formules, il s'exagère l'importance de ce titre universitaire, c'est un léger ridicule que lui eût épargné un peu de scepticisme. En outre, on affirme qu'il est un mauvais droguiste ; dans ce cas, voilà bien des personnes qui seront mal soignées, si elles ne se permettent pas de douter de l'une de nos plus grandes institutions, l'Université dont il est lauréat. Si elles ne sont pas un peu sceptiques, elles en souffriront, et au cas particulier, elles en souffriront jusque dans leur descendance.

Combien, à ces esprits qui tiennent le doute en exécration, il faut préférer un autre de mes amis, sceptique, celui-là, et doué d'ailleurs en toutes choses d'une vision si nette qu'il est membre de l'Institut.

Voici comment il use des concours, des séances solennelles et de toutes ces nobles émulations au milieu desquels il est obligé de vivre. Ayant une maîtresse, il ne lui donne pas un sou de l'année, mais il la fait couronner à chaque séance annuelle des cinq Académies : une année, cinq mille francs par l'Académie des sciences morales (prix des vieux serviteurs), et l'autre année, trois mille francs (prix de poésie).

Cela est d'une bien jolie intelligence, car dans l'amour il y a en effet une part de domesticité et une part de poésie; c'est en outre d'une merveilleuse économie sociale

*
* *

Je cite ce trait pour conquérir aux sceptiques les sympathies de ceux qui attachent de l'importance à une bonne organisation de la vie, mais ce n'est pas là que j'admire mes amis. Je les goûte précisément pour leur désintéressement dont je vois une indication de plus dans certaine absence de scrupule qui pourrait blesser des esprits peu réfléchis.

Quand on n'a les yeux tournés que vers les problèmes les plus hauts, on ne s'attarde pas beaucoup à peser les petits débats d'au jour le jour. M. Renan, toujours en communion avec les plus beaux génies de l'humanité, a un mépris si complet des intelligences qu'il coudoie que cela l'entraîne dans la conversation à de continuelles complaisances ou injustices, d'ailleurs sans gravité. Ce caractère se touche du doigt dans la critique littéraire : les plus grands artistes sont de détestables juges.

M. Anatole France, par exemple, se fait des belles-lettres une image si noble qu'il ne lui vient pas à l'idée un seul instant de compromettre dans la vie littéraire au jour le jour les sentiments qu'elles lui inspirent. Et chaque semaine il porte sur la production littéraire de son temps des jugements qui paraîtraient d'un homme injuste, si l'on ne sentait précisément que c'est son indifférence d'artiste, dédaigneuse de tout ce qui n'est pas son propre rêve, qui le fait glisser dans toutes ses complaisances.

L'autre jour j'ai assisté à la représentation d'un merveilleux mystère, intitulé : *La Marche à l'Étoile*. On voyait passer des gueux, des soldats, des femmes, des princes; ils traversaient les villes et les plaines pour se rendre à Bethléem. Ils ne voyaient rien, ayant les yeux fixés sur l'étoile. Ils suivaient leur rêve. C'étaient les plus beaux des croyants. Mais je devine ce que pensaient d'eux les peuples au milieu desquels ils passaient et qui ne les comprenaient pas. On les traitait de bandits, d'hommes sans moralité. Ils ne s'intéressaient, en effet, à rien de ce qui est la vie du vulgaire. Leur désir était si violent, leur rêve les attirait si fortement que tout le reste leur semblait indifférent. De là ces allures de sceptiques qu'ils avaient, eux les hommes de foi, du point de vue de leurs contemporains trop passionnés par leur terre-à-terre pour distinguer l'étoile.

Traiter de sceptiques ceux qui se donnent tout entiers à une préoccupation essentielle! cette confusion naïve ne date pas d'aujourd'hui; c'est à toutes les époques qu'on a voulu accabler sous ce nom décrié ceux qui, réservant leur passion pour de plus nobles buts, refusent de s'intéresser réellement à la cause des divers cochers qui mènent à la fortune des hommes, ou de prendre une opinion dans la dispute des concierges variés qui jugent les potins du jour.

*
* *

J'avais pensé à adresser cette observation, sous forme de lettre, aux étudiants de l'*Association générale* de Paris, qui, si j'en crois un des leurs, M. Bérenger, et leur maître le plus aimé, M. Lavisse, ne souffrent pas qu'on se garde une chapelle isolée, veulent qu'on prenne parti dans toutes les formes de l'activité de ce temps et traitent de déserteurs tous ceux qui se réservent par quelque côté.

« La jeunesse actuelle, disent-ils d'eux-mêmes, aussitôt débarquée, manifestera en art comme en politique, dans l'action comme dans la pensée, son adhésion à la société moderne, sa foi dans la science et la démocratie, son amour du peuple et de la patrie. » Problèmes palpitants ! est-ce moi qui le nierai ? mais un peu nombreux. Ces questions-là sont bien difficiles à résoudre en théorie, et en action plus encore, si, comme je n'en doute pas, ces messieurs veulent, avant de rien réaliser, se faire sur tout cela des opinions par eux-mêmes. Pour ma part, je l'avoue, plus que par ces paroles d'énergique confiance de nos jeunes gens, je suis touché par la sincérité absolue d'un sceptique qui disait : « Il y a plus de trente ans que je philosophe, très persuadé de certaines choses, et voilà cependant que je commence à en douter. »

J'ai renoncé à adresser à ces messieurs de la Sorbonne la réponse des sceptiques. Ceux-ci, au résumé, ne prennent pas grand souci de l'image que se font d'eux les autres hommes, ils connaissent trop bien l'incapacité où se trouve l'esprit le plus solide de rien comprendre véritablement des autres esprits.

Le sceptique se dit, avec un sens très net : « Je suis un pommier, je produis des pommes ; celui-là est un poirier, qu'il produise des poires, nous n'avons aucun reproche à nous faire. » Qu'il y ait donc de vigoureux esprits dogmatiques, mais qu'ils permettent pourtant d'exister à ceux qui possèdent la défiance des formules, le culte de quelques idées rares et le don des sourires. Les poiriers ont bien raison de produire des poires, mais tout de même il ne faut pas non plus qu'ils s'exagèrent leur importance dans la nature; c'est ce que le bon sens populaire a voulu indiquer dans cette locution familière : « Ne fais donc pas ta poire! » qu'il adresse aux esprits décidément trop dépourvus du don de sourire.

CHAPITRE III

(SYNTHÈSE)

CONCILIATION DES ANTINOMIES DE LA PENSÉE ET DE L'ACTION

Diverses personnes, préoccupées de sociologie, ont coutume de déplorer la disparition de l'esprit de solidarité dans une partie de la jeunesse française. Elles voudraient qu'aucun homme utilisable ne s'isolât et que nul ne s'abstînt de collaborer activement à la besogne de notre époque : relèvement de la patrie, suture de l'ancienne France et de la démocratie, conciliation du travail et du capital, élaboration de nouveaux préjugés plus conformes aux hypothèses scientifiques aujourd'hui accréditées

A cette prédication, M. Lavisse et M. de Vogüé emploient de hautes qualités de cœur et d'intelligence, et certains journalistes, de la vivacité.

Ces derniers toutefois circonscrivent mal le débat. Ayant constaté que des jeunes gens se tiennent en dehors de la vie publique, ils concluent que c'est mépris des intérêts généraux. Voilà bien l'erreur d'esprits habitués à simplifier le caractère de leurs adversaires pour mieux le discréditer en trois cents lignes! Ces analystes, ces égotistes, ces dilettanti, ces sceptiques enfin que vous querellez, loin de mépriser aucun ordre d'activité, se piquent d'être compréhensifs. S'ils demeurent à l'écart, ce n'est point que l'intérêt des événements et des hommes leur échappe, c'est qu'ils sont capables de comprendre toutes les formes de l'âme humaine, dont une seule vous est intelligible. S'ils sont fort empêchés de prendre un parti, ce n'est point qu'ils les repoussent tous, mais qu'ils les agréent tous. Vous leur en offrez au choix deux ou trois qu'ils admettent également et, pour rompre leur indécision, il faudrait qu'on leur proposât un groupe d'où l'on vît les choses sous un aspect d'éternité.

La pensée, l'usage de la raison isolent. Au rebours de l'homme des quais de Marseille qui ne vit plus que hors de soi (en voilà un qui ne se désintéresse de rien !) celui chez qui la vie intérieure est intense arrive à ne plus être influencé par les choses extérieures. Il se renferme dans une sorte d'égoïsme supérieur, non pas dans ce sentiment poltron qui ramène tout à ses intérêts propres, mais dans le goût passionné de la compréhension. Nul souci dès lors d'apporter notre gerbe d'idées sur la table où communient les hommes, nous n'y apporterons que les mots convenus pour obtenir la tranquillité. (Référez à l'organisation de vie qu'adoptent les plus grands philosophes.) Les penseurs de l'antiquité qui disaient : « Sacrifions aux dieux de l'empire » formulaient un des traits de ce désintéressement hautain, proscrit à toutes les époques par « les hommes d'action. » Ne tolérer en soi aucune immixtion étrangère et en même temps s'abstenir d'agir sur autrui, voilà proprement une vie de pensée opposée à une vie d'action. C'est nier qu'il existe d'autres personnalités que la nôtre. Et il n'était pas inutile d'éclairer ce mot, l'*action*, car il est des publicistes qui se figurent qu'aller en bicyclette c'est agir. Non, ce n'est que se ridiculiser.

A certains qui opposent les adolescents du lendit à ces jeunes analystes repliés sur eux-mêmes et dédaigneux de participer aux luttes du siècle, je réplique simplement que lesdits gymnastes sont une quantité négligeable qui n'a de nom dans aucune classification intellectuelle.

Elle est assez belle la liste de ceux qui se sont abstenus d'agir pour qu'aucun d'eux ne rougisse. La vie contemplative des cloîtres vous a une autre allure que l'intrigue canaille du Palais-Bourbon, et que vous semble de l'Imitation, bréviaire de la vie intérieure, à côté des mémoires du plat Franklin qui sont le parfait manuel de l'homme d'action? La seule raison soutenable de regretter chez les hommes d'analyse ce manque d'esprit de solidarité et leur abstention de l'action, c'est qu'eux-mêmes s'en attristent.

Jamais les protestations soulevées contre ce hautain isolement n'ont égalé les accents douloureux de ceux qui semblent s'y complaire. Rappelez-vous avec quelle intensité le jeune Sainte-Beuve, qui s'est dépeint dans Amaury, Amiel et d'autres souffraient de ne point agir. Nos jeunes gens d'éducation gœthienne estiment qu'on a tiré de l'individualisme tout ce qu'il peut fournir pour l'instant et qu'il serait à propos d'en revenir à une conception plus généreuse de l'activité. Mais quel foyer saurait ranimer ces ardeurs endormies ? Quelle passion refera l'unité de ces énergies déliées ? A quel souci se dévouer et sur quelle idée se grouper ?

Là gît tout le problème. Le secret de notre dégoût est dans la niaiserie des buts proposés à notre activité.

Qu'un Bonaparte surgisse et projette jusqu'aux retraites les plus closes l'incomparable image de la gloire, soudain tout se transforme ! Tel qui n'était qu'une bête de proie, un aventurier dangereux devient un soldat intrépide ; tel autre, simple honnête homme, un de ces commis prodigieux de qui l'empereur sut tirer un fabuleux travail, et le rêveur lui-même éprouve la secousse qu'eut M. de Ségur quand, jeune Werther provincial qui rencontre aux grilles des Tuileries (18 Brumaire) la jeune gloire du premier consul, il s'écria : « Moi aussi, je veux agir ! »

Cet élan généreux, ces poussées de la sève, ce n'est pas seulement au début de ce siècle que la France les ressentit. Comme il fut noble à son départ l'héroïque mouvement humanitaire qui échoua en 48 ! L'enseignement d'Auguste Comte, les rêves de Fourier, l'organisation phalanstérienne arrachaient au personnalisme des volontés aventureuses, des âmes délicates et de grands hommes d'affaires. Cette fois-ci, c'est le socialisme qui s'organise et semble à la veille d'utiliser les forces considérables qu'il a amassées. Pour un tel départ, comme aux jours où Bonaparte refondait la France, comme à l'éveil humanitaire du milieu de ce siècle, toutes les énergies s'empressent d'accourir.

Courons-nous à une désillusion? le problème n'est-il pas d'une qualité insoluble? Question oiseuse à cette place, car notre problème est moins de trouver une solution au socialisme que d'employer l'analyste. Nous lui proposons de collaborer aux longs efforts de la solidarité humaine pour les déshérités. Voilà une tâche non viagère, une communion avec l'âme des masses, un élan dans le sens même où marche l'humanité. Belle occasion de donner cours à ces forces inemployées dont le tumulte ravage notre âme.

II

Mais ces hommes organisés pour la pensée pure qui prétendent se mêler à l'action, peuvent-ils y être utiles ?

Selon leur double vœu, se compléteront-ils et fortifieront-ils les causes qu'ils embrassent ? Leur propre bonheur — qui est dans l'accord des pensées et des actes — et la tâche où ils se donnent seront-ils affermis par cette détermination ?

A les voir embarrassés de si grandes complications morales, j'hésite.

Il y a des exemples instructifs.

Choderlos de Laclos qui témoigna par son livre, *Les liaisons dangereuses*, de sa merveilleuse aptitude à démonter les mobiles des hommes et qui goûtait, avec une compréhension dont quelques-uns s'épouvantent, le mécanisme des êtres, ayant collaboré à l'intrigue de Philippe-Egalité, chez qui il était admirablement placé pour voir clair et pour agir, meurt à Tarente dans l'engrenage des petits soucis militaires sans avoir utilement servi son pays ni soi-même. Benjamin Constant, un analyste et un solitaire lui aussi, et de quelle qualité ! les lecteurs d'*Adolphe* et les dévots du *Journal intime* en décident, amené à la vie active, par le besoin de se distraire, s'assure par son talent la gloire, mais son caractère était si mal approprié aux nécessités de l'action qu'il n'y obtint pas la considération. Comme Laclos, il termina sa carrière, mécontent de soi-même et de l'emploi qu'il souffrait dans le monde. Chateaubriand ne sut pas non plus dissiper dans l'action ses humeurs qu'il avait magnifiques mais chagrines ; il ne parvint pas à aimer l'opinion qu'il professait, et par dégoût de ses amis il se sentait quelque complaisance pour les Béranger de l'opposition ; il desservit aux derniers mots son parti, tout en le brillantant, et se mécontenta soi-même.

Mais si instructives que soient pour notre enquête les physionomies de ces divers personnages, elles ne portent pas la certitude, car il est toujours loisible de plier des biographies d'après une théorie préconçue, et puis, entre ces regrettés analystes et nos contemporains, il est des nuances de sensibilité. Resserrons donc le problème et examinons comment agirait un de ces hommes d'analyse que nos moralistes en pressent.

Se mêlera-t-il à la vie politique ? Dès lors, il lui faut donner confiance à ses partisans, quand même, il prévoit un échec ; ne reconnaître que des qualités à ses amis, alors que, né clairvoyant, il souffre de leur médiocrité et de leurs maladresses ; être injuste pour ses adversaires, qu'il est bien capable de comprendre au point de les admirer. Surprenantes nécessités, fâcheuses mœurs, dites-vous ! Tout votre blâme ne les changera pas. M. X*** ayant à la tribune rendu hommage à un adversaire, regagnait sa place au milieu de « mouvements divers ». Un vieux parlementaire lui dit : « Croyez, jeune homme, qu'il faut laisser à vos ennemis le soin de se louer eux-mêmes. » En effet, la phrase stéréotypée devint : « Monsieur X*** a été forcé de reconnaître publiquement... » J'admets qu'il se donna un bel air d'impartialité, mais il nuisit aux siens et, pour avoir voulu raffiner sur la délicatesse, manqua à l'honnêteté conventionnelle des partis. Qu'il se soustraie à cette convention, direz-vous. Rester en dehors des coteries? mais cette attitude attirerait tant de sympathies, grouperait tant de dévouements, que ce serait sortir des partis pour en fonder un autre, où renaîtraient de suite les mêmes nécessités qui forcent à se contredire et notre pensée et nos actes.

On disait encore à un grand orateur : « Quelle satisfaction vous devez éprouver, quand la Chambre entière vous acclame. » — « Rien que de l'humiliation, répondit-il, car pour émouvoir des hommes réunis, il faut s'adresser aux parties qui sont communes à tous et ce ne sont jamais que des sentiments bas : la haine, la peur ou de sottes sensibilités ? Les hauts raisonnements qui m'ont amené à la conviction que je veux communiquer et qui la justifient, détermineraient tels esprits isolés, mais jamais n'enlèveront l'adhésion d'une assemblée. »

Dans la vie politique, — hors les périodes révolutionnaires, brèves et fortes, où il y a chance pour qu'il soit entraîné par la même passion qui emporte le pays, — l'analyste ne peut pas accorder ses pensées et ses actes ; il garde le don insubmersible de comprendre même ses amis, même ses adversaires, et de se décider d'après la raison froide.

Fort bien, dira-t-on, mais pour exercer son action sur ses semblables, pour aider à la collectivité, il n'est pas que la politique. Que l'analyste sorte de la querelle des partis où il convient mal, et qu'il s'emploie par exemple dans l'enseignement.

Écoutez alors cette lettre d'un jeune professeur de philosophie, et des plus distingués (Romain Coolus), à un écrivain de ce temps; vous y surprendrez la même conscience excessive des difficultés que c'est pour concilier ses principes et ses actes, son rêve et les conditions de la vie.

...Je fais sur un certain nombre d'intelligences qui me sont confiées de véritables cures, si je puis dire sans immodestie, et relevant de la psychothérapie. Intelligences si enveloppées et qui s'ignorent, personnalités confuses et indistinctes, individualités anonymes en qui il faut créer et faire surgir une vie intérieure. Il convient de susciter quelques inquiétudes en ces âmes dont la passive placidité n'exprime que l'absolue disette d'émotions et d'exaltation. Il faut les faire naître à l'enthousiasme, leur communiquer quelque passion qui les exalte, les élever jusqu'à la dignité d'un amour! Et ils ne sont même pas et ne seront peut-être jamais capables d'une vision qui les enchante!

Or, dans cette œuvre, des doutes m'arrêtent. Je suis entouré et écouté d'une majorité d'égarés (pour parler doucement) qu'un strict discernement de leurs capacités natives eût péremptoirement désignés à l'aunage des étoffes et au terrassement. Des paroles, qu'ils paient pour entendre, peuvent laisser en ces âmes troubles de singuliers malaises et trouver en ces cerveaux insuffisants d'imprévus et dangereux commentaires. Ces jeunes gens, inaptes à ces besognes, ne peuvent-ils pas garder de ces fréquentations involontaires avec des idées incomprises de fortes courbatures cérébrales, et n'ai-je pas à craindre qu'ils n'aient quelque jour à me reprocher un commencement de détresse morale?

L'un d'eux ne sollicitait-il pas de moi « de moins problématiques certitudes », et cette naïveté préoccupa quelque temps mes heures de solitude. Est-ce un louable vouloir en somme que de transformer ces pures capacités de plaisir et de douleur en capacités de réflexions, en hommes pour qui la vie soit un problème et l'action une douloureuse et tâtonnante recherche ?

Vous invitez des jeunes gens à soumettre leurs préjugés à la critique philosophique, ne craignez-vous pas que quelques-uns d'eux, sensibles seulement aux objections, n'aillent dès lors désemparés pour n'avoir su ni accepter ces préjugés après vérification, ni leur en substituer d'autres ? Vous leur proposez les analyses rigoureuses des penseurs vigoureux, mais vous ne pouvez les distribuer selon la force de résistance des vingt-cinq enfants inégaux qui vous entourent, et prévoyez-vous les ravages qu'elles produiront en eux ? Spinoza déduit que la pitié est un sentiment inférieur, d'après lequel il ne convient pas de se conduire, car seule la raison vaut. Cette règle d'éthique, M. Renan l'a reprise dans une autobiographie qui scandalisa : « Je n'ai jamais rendu de service à personne, de peur de froisser la justice. » A l'examiner, cette affirmation, outre qu'elle n'est que l'antithèse du népotisme, blâmé par tous, ne contrarie guère nos habitudes, puisqu'il est admis que nous choisissons nos amis parmi les hommes les plus beaux et les meilleurs ; mais quel désarroi chez des êtres qui, n'ayant point de naissance le don de raisonner juste, n'eussent jamais été meilleurs qu'en suivant leur pitié !

Si du professeur nous passons à l'écrivain, se précise le problème de la responsabilité littéraire. Une canaille lisant un livre n'y risque rien qui m'émeuve, mais tel esprit ardent et généreux, dans tel ouvrage où il se jette avec avidité, ne va-t-il pas trouver des éléments inassimilables à sa nature, un vrai poison, vu son idiosyncrasie, comme il advint à Robert Greslou dans le roman fameux de Paul Bourget.

Sentez-vous combien de tels scrupules sont particuliers? cette angoisse de la répercussion des idées, l'eussiez-vous trouvée chez les poètes de l'art pour l'art qui, simplifiant le problème, déclarent qu'il n'y a pas de beauté malsaine (ces pauvres gens ignorent sans doute la beauté d'un sophisme et la saveur de l'hypocrisie sentimentale?) fut-elle davantage chez un Claude Bernard qui se préoccupe minutieusement de la qualité logique de ses conclusions et jamais du cerveau où elles tomberont? De même, cette aptitude à identifier dans son esprit les opinions les plus opposées et cette répugnance aux moyens d'exécution, l'éprouvaient-ils, les politiciens qui, hier encore, satisfaisaient notre imagination, orateurs héroïques à la Michelet, ou Talleyrands revus par Balzac. Et ce professeur, lui aussi, ce Coolus qu'a-t-il de commun avec le professeur de 48 qui qualifiait naïvement ses auditeurs de « vraie jeunesse » ou de « fausse jeunesse », selon qu'il prévoyait en eux des agents électoraux pour la Pologne et la liberté, pour les jésuites et la réaction?

Louerai-je ou non ces distingués prédécesseurs de ne point s'embarrasser de nos scrupules? Là n'est pas le débat, non plus que de savoir si ces scrupules sont fondés; ce qu'il fallait démontrer, c'est qu'ils sont réellement ressentis. Que cette difficulté à concilier les contradictions de la pensée et de l'action tienne moins à l'ordre des occupations où s'essaie l'analyste qu'à la qualité même de son esprit, j'en suis sûr, mais n'empêche que voilà des hommes annihilés et désolés.

« Il n'y a pas de meilleurs que vous, mais vous êtes impuissants ! » s'écrie le grand poète Ibsen de son Rosmer, affamé lui aussi de bien agir et entravé par des scrupules. Et ce sont ces antinomies plutôt qu'aucune thèse particulière que mettent en relief ses drames sociaux.

Impuissants, ces dévouements désintéressés, ces intelligences si averties, si aiguës ! Qu'est-ce à dire ? C'est que tous ces Rosmers, habitués à se mouvoir dans la logique, dans des hypothèses épurées de toutes complications, demeurent inhabiles devant les parcelles grossières dont est mêlé tout acte. Ainsi des chimistes, si merveilleusement outillés de formules abstraites, tâtonnent et se déroutent, s'il s'agit de préparer un repas avec le lait, le beurre et tous les « mélanges » qu'on trouve sur le marché. Trois ou quatre parts de bassesse sont les conditions nécessaires à toute action ; pour les supporter, il faut le don des élus, joindre la force à la délicatesse.

Ah ! combien je l'admire, l'intuition du poète anglais Keats, quand il décrit Alcibiade couché au fond d'une barque dont ses larges épaules touchent les deux bords, et soudain s'interrompant, s'écrie : « Car, j'en suis sûr, Alcibiade avait de larges épaules. »

Ces larges épaules, cette vigueur qui feraient de nous des êtres poursuivant avec aisance et avec joie la tâche que nous nous sommes fixée, quelle doctrine morale saura nous les donner ?

La casuistique y tâcha. Du point

de vue catholique, elle conciliait les contradictions qu'il y a parfois à agir utilement pour la gloire de Dieu et l'édification du prochain tout en respectant les principes sacrés. Doit-on mentir pour éviter à autrui un péché ? Autant de cas, autant de solutions. Si admirables psychologues et si honnêtes gens que fussent les casuistes, ils scandalisèrent le monde jusqu'au jour où le monde les bouffona. Ils n'ont rien laissé que de vaines et décriées éruditions.

La vraie solution ? Je l'entrevois, mais n'ose trop la dire. Elle pourrait accabler qui, l'ayant formulée, serait mal compris.

Ce mot unique qui supprimerait nos scrupules, qui referait l'unité dans ces consciences en désarroi devant la vie, il faut le chercher à la même source où nous avons pris notre besoin d'agir, et comme c'est l'amour seul qui nous pousse à sortir de notre individualité, c'est l'amour aussi qui présidera à notre action sociale. Comme il fut notre mobile, qu'il soit notre loi. Nous sommes sortis de notre culture égotiste par le souci généreux d'exercer une action utile sur nos semblables, d'aider à la collectivité. Ni la notion du devoir, ni les lois écrites n'eussent su nous arracher à notre rêve et faire de nous des agissants; dès lors, nous sommes sous la loi seule de l'amour, déliés des vieilles notions du devoir et des formules. Quand tous nos principes sont en javelle, comment subsisterait-il d'autre scrupule que de peiner un être?

Mais dira-t-on dans cette anarchie quelle est la base logique de cette exception d'amour? Reportez-vous aux raisons mêmes qui décident les hommes de pensée à entrer dans l'action. Leur aspiration vers l'activité est un acte d'amour et perdrait de suite avec son sens, son énergie, si elle allait contre l'amour. De bien belles légendes pourraient être écrites là-dessus, et je vois l'analyste dans l'action comme un rêveur qui, s'étant fait chevalier errant pour servir sa dame, triomphe de tous ses ennemis tant qu'il lui reste fidèle. Mais du jour qu'il lui manque, il perd sa force et n'est plus que le jouet des circonstances, inutile à ses amis et méprisé de soi-même. Cela se conçoit : sa vigueur, c'était la sève d'amour qui était en lui. Qu'il rentre dans son manoir à lire les actions des autres, qu'il retourne à ses histoires de chevalerie.

Pour l'analyste guidé par le seul amour, voyons comment il franchira les difficultés où tout à l'heure il se heurtait.

Homme politique, s'il apporte à la

tribune les seules préoccupations d'amour en place de l'orgueil de son intelligence, la volupté de communier avec les simples le débarrassera de l'humiliation des sentiments peu raffinés qu'il lui faut exprimer.

Professeur, il se libérera de l'angoisse qu'il ressent à troubler par des vérités trop hautaines des intelligences modestes, s'il met sa préoccupation, non pas à étaler le fatras de la raison humaine, mais à donner à chacun ce qui lui est bon. Qu'il emploie son don d'analyse à servir à chacun des vérités appropriées.

Écrivain enfin, il évitera les cruelles désillusions de l'honnête homme qui voit le mal venir dans le monde par ses idées, parce qu'il prendra pour critérium de leur vérité, non leur qualité logique (la logique ! si incertaine d'ailleurs, et menant avec une rectitude égale à des conclusions contradictoires), mais leur convenance à augmenter le bonheur dans le monde.

Toute licence sauf contre l'amour, voilà la règle unique mais sûre pour que des analystes se mettent avec aisance en rapport avec d'autres personnalités, et connaissent la distraction d'être politiciens, pédagogues et publicistes. Qu'ils laissent en eux l'amour développer toutes ses conséquences. Sa grâce est plus forte que tous les scrupules. Il les détruit tous pour leur en substituer un seul : *ne chagriner aucun être*.

Toute licence, sauf contre l'amour, mot admirable qui mettrait tant de nouveauté dans le monde !

On me demandera encore le moyen de ressentir cet amour. Ce n'est assurément pas en écoutant aucune pédagogie. Nulle éloquence, nulle dialectique ne nous augmente. Nos sentiments ne sont qu'en nous-mêmes et pas ailleurs. Le sentiment de la solidarité, l'amour, à fleur de peau devant les angoisses physiques, gît pas bien profond en nous, tout prêt à s'émouvoir pour les nuances psychiques de la vie universelle, très apte à en distinguer les plus délicates variations. Il est un instant de la connaissance que prend tout être penché sur soi-même ; un épanouissement nécessaire de qui sait cultiver son moi.

NOTE AU CHAPITRE II

Le comité de l'Association des étudiants n'a pas accepté notre façon de voir. Sa réponse (dans le *Figaro* du 27 mai 1890) est trop longue pour qu'on la joigne ici ; du moins, indiquons-en les principaux traits.

1. L'Association n'est pas un café, objectent ces messieurs, car le café qui se trouve dans notre immeuble est géré par des industriels à leurs risques et périls.

2. L'Association ne forme pas des esprits médiocres et façonnés tout de même, car, d'une part, nous faisons entre nous des conférences sur les sujets les plus divers, et, d'autre part, il y a dans notre comité quinze licenciés, cinq internes, un second prix de Rome.

Enfin deux de nos anciens membres sont maîtres de conférence.

3. Nous ne sommes pas inféodés à un parti politique, notamment à l'opportunisme, car l'article 35 de nos statuts s'y oppose et, témoignage plus convaincant encore, dans le compte rendu d'un de nos banquets, M. Jules Ferry est nommé le douzième.

Les lecteurs jugeront. Le seul point où ces messieurs passent la note, c'est quand ils veulent croire que je diminue MM. de Vogüé et Lavisse. Illusionisme et enfantillage! La discipline universitaire a cet inconvénient de former des esprits qui, durant toute leur vie, seront épouvantés et scandalisés si l'on contredit un penseur considéré, un sous-préfet ou un gros propriétaire dans son canton. J'estime infiniment le caractère de l'œuvre sociale poursuivie avec éloquence et persistance par les deux nobles esprits que je viens de citer; je répéterai, comme je le dis ailleurs, que je me sens fortifié devant moi-même à me sentir d'accord avec eux sur nombre de points, mais avant tout j'aime *ma* vérité, c'est-à-dire les choses qui pour moi sont évidentes. Au reste, les étudiants associés sont dupes d'une illusion, familière aux corps constitués, en ne distinguant pas que les opinions exprimées sur leur groupement par Lavisse et Voguë sont après tout un simple paragraphe dans la pensée et dans l'action de ces messieurs.

Quant à moi, je ressens avec une extrême vivacité la faute que c'est, contre l'originalité française, de saisir le jeune bourgeois de vingt ans qui s'échappe enfin des rudes moules universitaires, et, — quand il va courir selon son instinct, vérifier son génie et augmenter, par sa libre quête d'adolescent, notre patrimoine commun, — de l'appâter dans une organisation de brigues parlementaires, de papotages veules et d'hommages au monde officiel.

Si les hommes qui président tout

cela veulent servir les étudiants, au lieu de les mêler à leurs vanités ou querelles et de les façonner sur leurs préjugés, qu'ils les organisent en association culinaire où, pour des prix raisonnables, on ne sera pas empoisonné. L'idée d'une association de ce genre où nos bacheliers se libéreraient des exploiteurs qui les débilitent en s'enrichissant, mériterait qu'on l'étudiât. Avec quelle convenance celui qui la mènerait à réussite ne pourrait-il pas, au dessert du banquet annuel, parler de la « réfection de l'âme française »!

Les estomacs de nos étudiants ont des besoins communs; ce que je nie de leurs cerveaux. Et, d'autre part, à considérer les produits que l'Université livre à la circulation, il apparaît que ces jeunes gens ont trop de bons maîtres et pas assez de bons cuisiniers.

M. B.

TABLE

ÉMILE COLIN — IMPRIMERIE DE LAGNY

DU MÊME AUTEUR

Les Textes.

* Sous l'œil des Barbares (nouvelle édition augmentée d'un *Examen des trois idéologies*).

** Un Homme libre. 3e édition.

*** Le Jardin de Bérénice. 4e édition.

Le Culte du Moi, *examen de trois idéologies* (tirage à part de la préface jointe à *Sous l'œil des Barbares*).

EN PRÉPARATION

L'Ennemi des lois.

La Glose.

Huit jours chez M. Renan. 2e édition.

Trois stations de psychothérapie.

Toute licence sauf contre l'amour.

EN PRÉPARATION

Les Exercices spirituels d'Ignace de Loyola, avec une préface de Maurice Barrès.

ÉMILE COLIN — IMPRIMERIE DE LAGNY

www.ingramcontent.com/pod-product-compliance
Lightning Source LLC
LaVergne TN
LVHW020417230826
846091LV00004B/1307

* 9 7 8 2 0 1 3 0 5 5 3 7 6 *